의좋은 형제가 커다란 금덩이를 발견했어요.
형제의 마음속에서 금덩이는 황소도 되고 기와집도 돼요.
과연 우애를 지킬 수 있을까요?

추천 감수_ 서대석
서울대학교와 동 대학원에서 구비문학을 전공하고 문학박사 학위를 받았습니다. 한국 구비문학회 회장과 한국고전문학회 회장을 지냈으며, 1984년부터 지금까지 서울대학교 인문대학 국어국문학과 교수로 재직 중입니다. 〈한국구비문학대계〉 1-2, 2-2, 2-6, 2-7, 4-3 등 5권을 펴냈으며, 쓴 책으로 〈구비문학 개설〉, 〈전통 구비문학과 근대 공연 예술〉, 〈한국의 신화〉, 〈군담소설의 구조와 배경〉 등이 있습니다.

추천 감수_ 임치균
서울대학교 대학원에서 고전소설 연구로 문학박사 학위를 받고 현재 한국학중앙연구원 한국학대학원 어문예술계열 교수로 재직 중입니다. 한국학중앙연구원에서 문헌과 해석 운영위원으로 활동하고 있으며, 고전소설의 대중화 방안을 연구하여 일반인들에게 널리 알리는 일에 앞장서고 있습니다. 쓴 책으로 〈조선조 대장편소설 연구〉, 〈한국 고전 소설의 세계〉(공저), 〈검은 바람〉 등이 있습니다.

추천 감수_ 김기형
고려대학교와 동 대학원에서 구비문학을 전공하고 문학박사 학위를 받았습니다. 현재 고려대학교 문과대학 국어국문학과 부교수로 판소리를 비롯한 우리 문학을 계승 발전 시키기 위해 노력하고 있습니다. 쓴 책으로 〈적벽가 연구〉, 〈수궁가 연구〉, 〈강도근 5가 전집〉, 〈한국의 판소리 문화〉, 〈한국 구비문학의 이해〉(공저) 등이 있습니다.

추천 감수_ 김병규
대구교육대학을 졸업하고 한국일보 신춘문예에 동화가, 중앙일보 신춘문예에 희곡이 당선되면서 작품 활동을 시작했습니다. 대한민국문학상, 소천아동문학상, 해강아동문학상 등을 수상했으며, 현재 소년한국일보 편집국장으로 재직 중입니다. 쓴 책으로 〈나무는 왜 겨울에 옷을 벗는가〉, 〈푸렁별에서 온 손님〉, 〈그림 속의 파란 단추〉 등이 있습니다.

추천 감수_ 배익천
경북 영양에서 태어났습니다. 1974년 한국일보 신춘문예에 동화가 당선되었고, 〈마음을 찍는 발자국〉, 〈눈사람의 휘파람〉, 〈냉이꽃〉, 〈은빛 날개의 가슴〉 등의 동화집을 펴냈습니다. 한국아동문학상, 대한민국문학상, 세종아동문학상 등을 받았으며, 현재 부산 MBC에서 발행하는 〈어린이문예〉 편집주간으로 일하고 있습니다.

글_ 이가을
대전에서 태어나 1987년 크리스천신인문학상을 받으며 등단하였습니다. 대산재단 창작 지원금을 받았으며 제1회 불교문학상, 이주홍아동문학상을 수상했습니다. 쓴 책으로 〈한 달 전 동물 병원〉, 〈집 보는 아이〉, 〈솔숲 마을 사람들〉, 〈떠돌이 시인의 나라〉, 〈나머지 학교〉 등이 있습니다.

그림_ 김충열
대학에서 한국화를 공부하고 대학미술전에서 은상을 수상했습니다. 한국미술대전에서 입상하고, 창작미술대전에서 은상을 수상하였습니다. 현재 출판미술협회 회원이며, 프리랜스 일러스트레이터로 활동하고 있습니다. 그린 책으로 〈박혁거세〉, 〈만파식적〉, 〈크리스마스 이야기〉 등이 있습니다.

소년한국
우수어린이
도서수상

〈말랑말랑 우리전래동화〉는 소년한국일보사가 국내 최고의 도서 제품을 선정하여 주는 우수어린이 도서를 여러 출판 사의 많은 후보작과의 치열한 경쟁을 뚫고 수상하였습니다.

말랑말랑 우리전래동화 **⑭ 효도와 우애** 의좋은 형제

발 행 인 박희철
발 행 처 한국헤밍웨이
출판등록 제406-2013-000056호
주　　소 경기도 성남시 분당구 금곡동 444-148
대표전화 031-715-7722
팩　　스 031-786-1100
편　　집 이영혜, 이승희, 최부옥, 김지균, 송정호
디 자 인 조수진, 우지영, 성지현, 선우소연
사진제공 이미지클릭, 연합포토, 중앙포토

의좋은 형제

글 이가을 그림 김충열

ii 한국헤밍웨이

옛날, 한 농부네 집에 형제가 있었어.
형제는 눈만 뜨면 *옥신각신 다투었어.
밥을 먹을 때는 서로 더 먹겠다고 다투고,
일을 할 때는 안 하겠다고 미루기 일쑤였지.
"에구, 저 녀석들이 언제 철이 들려나?"
형제를 보며 아버지는 한숨을 푹푹 내쉬었지.

*옥신각신 : 서로 옳으니 그르니 하며 다투는 것을 말해요.

그런데 자꾸 싸우면 그것도 버릇이 되나 봐.
날이 갈수록 점점 더 서로 지지 않으려고 하는 거야.
아버지의 근심도 나날이 깊어질 수밖에 없었지.
그러던 어느 날, 늙은 아버지는 큰 병이 들어
자리에 눕게 되었어.
"얘들아, 싸리나무 한 단을 가지고 오너라."
아버지가 두 아들을 불러 앉혔어.

"너희는 하루도 거르지 않고 싸우니,
어디 누가 더 힘이 센지 보아야겠다.
싸리나무 가지를 한 줌씩 쥐고 부러뜨려 보아라."
그러자 형과 동생은 앞다투어 부러뜨렸어.
싸리나무 가지는 '뚜두둑' 소리를 내며 쉽게 부러졌지.
"이번에는 두 줌씩 쥐고 부러뜨려 보아라."
형제는 싸리나무를 쥐고 '어여차!' 힘을 주었어.
하지만 좀처럼 꺾이지 않았지.

"보아라! 혼자서는 싸리나무 두 줌도 꺾을 수가 없다.
하지만 서로 힘을 합치고 돕는다면 살아가는 동안
어려운 일을 거뜬히 이겨 낼 게다.
앞으로는 다투지 말고 의좋게 지내야 한다."
늙은 아버지는 형제에게 당부하고 숨을 거두었어.
형제는 그제야 잘못을 뉘우치며 눈물만 흘렸지.

14

그 뒤로 형제는 몰라보게 변했어.
일을 할 때는 서로 더 힘든 일을 하려고 했고,
밥을 먹을 때도 형님 먼저, 아우 먼저
서로 양보하느라 밥숟갈을 못 뜰 정도였지.
마을 사람들은 형제의 우애가 좋다고
입을 모아 칭찬했어.

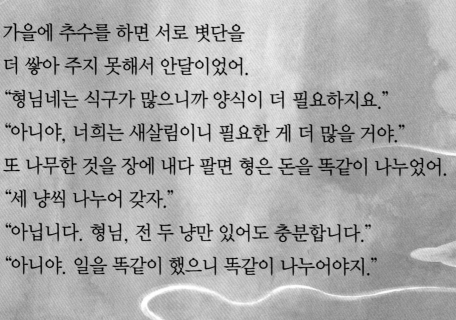

가을에 추수를 하면 서로 볏단을
더 쌓아 주지 못해서 안달이었어.
"형님네는 식구가 많으니까 양식이 더 필요하지요."
"아니야, 너희는 새살림이니 필요한 게 더 많을 거야."
또 나무한 것을 장에 내다 팔면 형은 돈을 똑같이 나누었어.
"세 냥씩 나누어 갖자."
"아닙니다. 형님, 전 두 냥만 있어도 충분합니다."
"아니야. 일을 똑같이 했으니 똑같이 나누어야지."

그러던 어느 날이었어.

그날도 형제가 의좋게 일을 하고는

강을 건너려고 배가 있는 곳으로 가고 있었어.

그런데 강물 속에 달님이 빠졌나?

반짝반짝 빛나는 게 있는 거야.

"형님, 저 물속에 있는 게 무엇일까요?"

"글쎄, 뭘까? 건져 보자."

그건 놀랍게도 사람 머리만 한 금덩이였어.

"형님, 이 금덩이를 어떻게 할까요?"
"네가 처음 보았으니 네가 가져라."
형이 말했어.
"아니에요. 형님이 건졌으니 형님이 가지세요."
아우가 말했어.

금덩이는 원래 무척 값이 나가는 것이지.
'저 금덩이를 팔면 대궐 같은 집을 살 수 있을지 몰라.'
늘 집이 좁다고 여긴 형이 생각했어.
'저 금덩이를 팔면 황소 열 마리는 살 수 있을 텐데.'
송아지 한 마리밖에 없는 아우가 생각했어.

'나 혼자 저 금덩이를 발견했으면 좋았을 텐데.'
아우가 형을 슬그머니 바라보며 생각했어.
'내가 건졌으니까 내가 가진다고 할까?
그러면 하얀 쌀밥에 맛있는 음식을 먹으며
평생 편하게 지낼 수 있을 텐데…….'
형도 동생을 곁눈질로 보며 생각했지.

형제는 배를 타고 가는 내내 금덩이 생각만 했어.
금덩이가 기와집이 되었다가 황소가 되었다가 했지.
우연히 서로의 얼굴을 본 형제는 깜짝 놀랐어.
그 얼굴은 옛날, 서로 미워하고 다투고 욕심부리던
험악하고 무서운 얼굴이었어.

그때 아우가 봇짐에서 금덩이를 꺼내더니
강물에 던지려고 하는 거야.
깜짝 놀란 형이 얼른 아우를 막으며 소리쳤어.
"이게 무슨 짓이냐?"
"형님, 차라리 금덩이를 버립시다."

"형님, 잘못했습니다. 제가 잠깐 금덩이에 눈이 멀어
황소를 몇 마리나 키웠습니다."
"아니다, 아우야. 내가 미련하게도 대궐 같은
기와집을 생각했구나. 미안하다."
두 형제는 손을 맞잡았어.
"형님을 잃느니 차라리 금덩이를 버리고
우애 있게 살겠습니다."
형과 아우는 함께 눈물을 흘렸어.

형제는 같이 금덩이를 들어 강물 속에 던졌단다.
'풍덩!'
"하마터면 너에게 큰 죄를 지을 뻔했구나."
금덩이가 가라앉은 강을 보며 형이 말했어.
"아니에요. 제가 더 큰 죄를 지을 뻔했습니다."
동생이 머리를 숙이며 말했지.

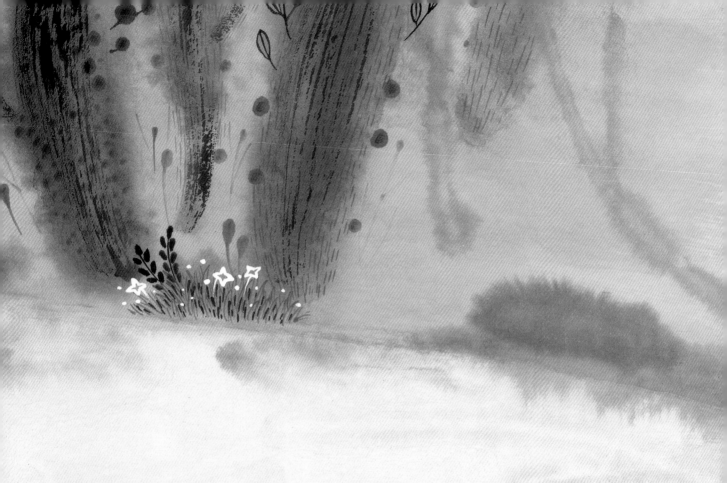

금덩이를 버린 형제는 지게와 괭이를 둘러메고
집으로 돌아오며 아버지를 생각했어.
"아우야, 땀 흘리지 않고 얻은 재물은
화를 가져올 뿐이라고 하신
아버지 말씀이 떠오르는구나."
"옳아요. 형제보다 더 소중한 게 어디 있겠어요."
그 후로 형제는 더욱 의좋게 지냈단다.

의좋은 형제 작품해설

〈의좋은 형제〉는 '투금포(금을 던진 강) 전설'을 바탕으로 형제간의 깊은 우애를 강조한 옛이야기입니다. 전설은 이야기를 뒷받침하는 증거물이 있으며, 역사적 시기와 장소가 분명한 것이 특징이지요. 이 이야기 역시 고려 말 지금의 양천 공암 나루에서 있었던 일로 전해지고 있습니다.

〈의좋은 형제〉 이야기는 지역에 따라 내용과 결말이 조금씩 다릅니다. 금덩이 두 개를 줍는 이야기도 있고, 강에 금덩이 하나를 버린 후 물고기를 잡았는데 그 물고기 배 속에서 금덩이 두 개가 나왔다는 이야기도 있지요. 이 이야기는 원형에 가장 가까운 것을 선택하여 옛 조상들이 이런 이야기를 널리 들려준 까닭이 무엇인지 다시 한 번 생각할 수 있도록 했습니다.

옛날 어느 마을에 걸핏하면 티격태격 싸우는 형제가 있었습니다. 하지만 아버지가 우애 있게 살아갈 것을 당부하고 세상을 뜨자 마을에서 가장 의좋은 형제가 됩니다. 그러던 어느 날 형제가 길을 가다가 금덩이 하나를 줍게 됩니다. 처음에는 서로 양보하지만 시간이 지날수록 형제는 점점 욕심이 났습니다. 형과 아우는 제각기 금덩이를 혼자 독차지하면 편하게 살 수 있을 거라고 생각합니다.

형제는 집으로 돌아가기 위해 배를 타고 강을 건너게 되었습니다. 그런데 아우가 결심한 듯 금덩이를 봇짐에서 꺼내 물속에 던져 넣으려고 합니다. 금덩이보다 우애를 선택한 것이지요. 그 모습을 본 형도 잠시 동안이나마 우애를 뒤로 하고 금덩이를 탐냈던 것을 뉘우치며 함께 금덩이를 물에 던져 버립니다.

〈의좋은 형제〉는 삶을 더욱 행복하고, 정겹게 만드는 것은 재물이 아니라 믿음을 바탕으로 한 사랑이라는 것을 깨우쳐 줍니다. 이 이야기를 통해 우리는 형제간의 우애를 되새기고, 사람이 인생을 살아가는 데 물질보다 더 소중한 것이 무엇인지 생각해 보게 합니다.

꼭 알아야 할 작품 속 우리 문화

싸리나무

싸리나무는 쓰임새가 아주 많아요. 싸리나무는 태울 때 연기가 거의 나지 않아서 땔감으로 많이 쓰였어요. 또 잎은 소나 돼지의 먹이로 쓰이고, 나무껍질은 얇게 벗겨서 실을 뽑을 수도 있어요. 싸리나무의 가지를 묶어 만든 빗자루를 싸리비라고 하지요.

등잔

등잔은 불을 밝히는 잔을 말해요. 잔 모양의 그릇에 기름을 붓고 심지를 기름에 담가서 불을 켜지요. 하지만 넓은 의미로는 등불을 켜는 데 필요한 기구 전체를 나타내기도 해요. 등잔은 토기, 도기, 놋쇠 등으로 만들며, 그 형태에 따라 종지형, 탕기형, 호형(호롱) 등이 있어요. 종지형 등잔은 석유를 사용하기 이전에 들기름, 콩기름 등을 연료로 사용했는데 심지는 솜, 한지 등을 꼬아서 만들었어요.

괭이

괭이는 땅을 파거나 흙을 고르는 데 쓰는 농사 도구로, 쇠로 된 날과 손잡이가 될 긴 자루로 이루어져 있어요. 'ㄱ' 자 모양의 쇠로 된 넓은 날은 반대쪽에 긴 자루를 끼울 수 있는 구멍이 있어요, 이 구멍에 알맞게 만든 손잡이를 끼워서 사용해요.

조상의 지혜를 배우는 속담 여행

〈의좋은 형제〉에서 형제는 금덩이 때문에 잠시 욕심을 품고 우애를 저버릴 뻔했어요. 이렇게 사람의 마음이란 이해관계에 따라 간사스럽게 변하기도 하지요. 여기에서 배울 수 있는 속담을 알아보아요.

마음처럼 간사한 건 없다

사람의 마음이 이해관계에 따라서 간사스럽게 변함을 이르는 말이에요.

전래 동화로 미리 배우는 교과서

형제는 눈만 뜨면 매일 싸우는 게 일이었어요. 그런데 어떻게 해서 의좋은 형제가 되었나요?

형제는 결국 금덩이를 강물에 버렸어요. 만약에 금덩이를 두 개 주웠다면 어땠을까요? 이야기해 보세요.

형제는 강에서 우연히 금덩이를 주웠어요. 아래 그림을 이야기 순서대로 나열하고, 이야기해 보세요.

💜 1~2학년군 국어 ④-나 9. 인형극 공연은 재미있어요 274~277쪽